CENTER FOR LANGUAGE EDUCATION AND COOPERATION
中外语言交流合作中心

中華教育

YCT

標準教程 2
STANDARD COURSE

主編 Lead Author | 蘇英霞 Su Yingxia

編者 Author | 王　蕾 Wang Lei

責任編輯　楊　歌
裝幀設計　龐雅美
排　　版　龐雅美
印　　務　劉漢舉

主編 | 蘇英霞　　編者 | 王　蕾

出版 / 中華教育

香港北角英皇道 499 號北角工業大廈 1 樓 B 室

電話：(852) 2137 2338　傳真：(852) 2713 8202

電子郵件：info@chunghwabook.com.hk

網址：http://www.chunghwabook.com.hk

發行 / 香港聯合書刊物流有限公司

香港新界荃灣德士古道 220–248 號荃灣工業中心 16 樓

電話：(852) 2150 2100　傳真：(852) 2407 3062

電子郵件：info@suplogistics.com.hk

印刷 / 寶華數碼印刷有限公司

香港柴灣吉勝街 45 號勝景工業大廈 4 樓 A 室

版次 / 2023 年 6 月第 1 版第 1 次印刷

©2023 中華教育

規格 / 16 開 (285mm x 210mm)

ISBN / 978–988–8808–95–3

前 言
Preface

Youth Chinese Test (YCT) is an international standardized test of Chinese proficiency, which evaluates the ability of primary school and middle school students whose mother tongue is not Chinese to use the Chinese language in their daily lives and study. With the principle of "combining testing and teaching", we take much pleasure in publishing this series of *YCT Standard Course*.

1. Target Readers

- Overseas primary school and middle school students who take Chinese as a selective course.

- Students who are going to take the YCT.

2. Correspondence Between Textbooks and YCT

Textbook	YCT	Vocabulary	Class Hours (For Reference)
Book 1	Level 1	80	35 ～ 45
Book 2	Level 2	150	35 ～ 45
Book 3	Level 3	300	50 ～ 60
Book 4			50 ～ 60
Book 5	Level 4	600	60 ～ 70
Book 6			60 ～ 70

3. Design

- It provides a scientific curriculum and effective teaching methods. The series is compiled in accordance with the acquisition and study rules of Chinese as a second language, with a careful consideration of the features of primary school and middle school students' cognitive development.

- It aims to stimulate students' multiple intelligence. The series employs various learning approaches including pictures, activities, exercises, songs and stories that center on the same topic so as to promote primary school and middle school students' multi-intellectual development.

- It combines testing and teaching. Based on the syllabus of YCT, the series accomplishes the goals of "stimulating teaching with testing" and "promoting learning with testing" through the design of appropriate teaching content and exercises.

4. Features

- A full coverage of YCT. On the basis of an overall and careful analysis of YCT syllabus and test papers, the series is organized with function as the prominent building blocks and grammar as the underlying building blocks, so as to fully cover YCT's vocabulary, grammar and function items. Each lesson is accompanied by a YCT model test page. Students should be able to pass the corresponding level of YCT after finishing each book.

- An integrated combination of function and fun. The series emphasizes on the authenticity of the scene design, the naturalness and usefulness of the language, as well as the interestingness of the content. At the same time, it takes a careful consideration of students' affection and attitude. Through texts, games, songs and stories, we hope the series is able to arise students' interest in learning and help them enjoy it as they learn.

- A variety of activities and exercises in each section. There are activities and exercises in each teaching section in this series in order to provide teaching clues and exercise options for teachers.

- Listening and speaking taking the lead and followed by reading and writing. The series follows the principle that students proceed with reading and writing after achieving the goal of listening and speaking. The first 4 books do not have any requirements on writing Chinese characters.

5. How to Use Book 2

YCT Standard Course (Book 2) is designed for entry level primary school and middle school students. The book has 12 lessons, covering 86 words, 23 grammar and function items of YCT level 2. Lessons 1–11 are teaching lessons while Lesson 12 is a revision lesson. The suggested class hours for each lesson are 3~4 hours.

Each lesson in Book 2 consists of Key sentences, Let's learn (new words), Let's read (texts), Activities and exercises, Songs, Mini stories and Model test page.

- **Key sentences.** Each lesson has 2 key sentences. The sentences are both important function items of the lesson and the clues for the key grammar points.

- **Let's learn (new words).** Each lesson has about 10 new words, with no more than 3 words that are not included in the syllabus (all marked with *). Most nouns appear in the form of pictures and are followed with Chinese characters, *Pinyin* and English translation. The other words are followed with Chinese characters, *Pinyin*, English translation and collocations or sample sentences.

- **Let's read (texts).** Each lesson has 2 texts, with each text containing 1~2 turns, which mainly come from sentences from previous YCT. Questions after the texts help teachers evaluate if students have fully understood the texts.

- **Activities and exercises.** The book has both traditional exercises such as filling in the blank and matching, and interactive activities or games. The alternative activities and exercises help the class achieve a balance between being dynamic and static.

- **Songs.** Each lesson contains a song related to the topic. Students can sing and dance at the same time, which helps to develop their multiple intelligence through a variety of stimulations.

- **Mini stories.** Each lesson provides an interesting mini story related to the topic. Students can act it out in groups after reading it.

- **Model test page.** Each lesson has a YCT model test page attached, which helps students familiarize themselves with the test and pass YCT successfully after finishing the book.

The Confucius Institute Headquarters, China Higher Education Press and Chinese Testing International (CTI) have offered tremendous support and guidance during the planning and compiling of the series. Domestic and foreign experts in related fields have also given us many valuable comments and suggestions. It is our sincere wish that the *YCT Standard Course* could open the doors of Chinese learning for overseas primary school and middle school students, and help them learn and grow up with ease and joy.

Authors

November, 2015

目錄
Contents

熱身
Warm-up

1 Let's get to know each other.

Nǐ jiào shén me? 你叫甚麼？	Nǐ duō dà? 你多大？	Nǐ shì nǎ guó rén? 你是哪國人？	Nǐ xǐ huan chī shén me? 你喜歡吃甚麼？
1			
2			

Talk with at least 2 classmates in Chinese. Start with "你好" and use the questions given to get familiar with them. Then introduce them to the whole class.

2 Let's review the words.

00-01

Listen to the recording and tick the pictures. Try to find the pictures that are not included in the recording.

3 Let's find.

zài 再	de 的	wǒ 我	lǎo 老	shī 師
hé 和	jiàn 見	men 們	hěn 很	xiǎo 小
shén 甚	jīn 今	míng 明	niǎo 鳥	gè 個
xiàn 現	me 麼	tiān 天	rèn 認	zi 子
bù 不	zài 在	jiā 家	dà 大	shí 識

> **Pair work.** Try to find as many words and phrases as possible.
> Search the grid horizontally, vertically or diagonally.

4 Let's match.

Jīn tiān xīng qī jǐ?
今 天 星 期 幾 ？

Nǐ bà ba zài jiā ma?
你 爸 爸 在 家 嗎 ？

Zhè shì nǐ de xiǎo māo ma?
這 是 你 的 小 貓 嗎 ？

Jīn tiān jǐ yuè jǐ hào?
今 天 幾 月 幾 號 ？

Nǐ jiā yǒu jǐ kǒu rén?
你 家 有 幾 口 人 ？

Nǐ chī shén me?
你 吃 甚 麼 ？

Nǐ yǒu jǐ ge jiě jie?
你 有 幾 個 姐 姐 ？

Tā bú zài.
他 不 在 。

Wǒ yǒu liǎng ge jiě jie.
我 有 兩 個 姐 姐 。

Jīn tiān xīng qī tiān.
今 天 星 期 天 。

Wǒ chī píng guǒ.
我 吃 蘋 果 。

Jīn tiān èr yuè shí hào.
今 天 二 月 十 號 。

Bú shì.
不 是 。

Wǒ jiā yǒu wǔ kǒu rén.
我 家 有 五 口 人 。

Lesson 1

我可以坐這兒嗎？

May I sit here?

Key sentences

Wǒ kě yǐ zuò zhèr ma?
- 我可以坐這兒嗎？ May I sit here?

Qǐng bú yào shuō huà.
- 請不要說話。 Please be quiet.

 Let's learn

掃一掃
01-01

kě yǐ 可以	may 不可以
zuò 坐	to sit 坐這兒
qǐng 請	please 請坐。
bú kè qi 不客氣	You're welcome.
bú yào 不要	don't 請不要說話。
shuō huà 說話	to talk, to speak 不說話
duì bu qǐ 對不起	I'm sorry.
méi guān xi 沒關係	Never mind.

"N-1" game. The teacher says the new words a chosen number of times, and then the students repeat it one time less than the teacher.

3

Let's match

Lǎo shī hǎo.
老師好。 •

Xiè xie.
謝謝。 •

Duì bu qǐ.
對不起。 •

Zài jiàn.
再見。 •

• Bú kè qi.
不客氣。

• Zài jiàn.
再見。

• Nǐ hǎo.
你好。

• Méi guān xi.
沒關係。

Let's play

Role play. Choose a picture, and then use Chinese to act it out with your partner.

Let's chant

掃一掃

01-03

Bà ba, bà ba, xiè xie nín.
爸爸，爸爸，謝謝您。

Mā ma, mā ma, xiè xie nín.
媽媽，媽媽，謝謝您。

Gē ge, gē ge, xiè xie nǐ.
哥哥，哥哥，謝謝你。

Jiě jie, jiě jie, xiè xie nǐ.
姐姐，姐姐，謝謝你。

Bú kè qi, bú kè qi.
不客氣，不客氣。

Bà ba, bà ba, duì bu qǐ.
爸爸，爸爸，對不起。

Mā ma, mā ma, duì bu qǐ.
媽媽，媽媽，對不起。

Gē ge, gē ge, duì bu qǐ.
哥哥，哥哥，對不起。

Jiě jie, jiě jie, duì bu qǐ.
姐姐，姐姐，對不起。

Méi guān xi, méi guān xi.
沒關係，沒關係。

Huī gū niang
灰姑娘

1 Wǒ kě yǐ qù ma? 我可以去嗎？
2 Bù kě yǐ. 不可以。

1 Wǒ kě yǐ chuān ma? 我可以穿嗎？
2 Kě yǐ. 可以。
3 Xiè xie nǐ! 謝謝你！

1 Wǒ kě yǐ qǐng nǐ tiào wǔ ma? 我可以請你跳舞嗎？
2 Hǎo de. 好的。

Nǐ qù nǎr? 你去哪兒？

Do you know the end of the story? Ask your classmates and act out the whole story.

Test

 1 Listening: True or false.

01-05

1.		
2.		
3.		
4.		

2 Reading.

5. Xiè xie.
謝謝。 □ A Bù, xiè xie.
不，謝謝。

6. Nǐ hē shuǐ ma?
你喝水嗎？ □ B Kě yǐ, qǐng zuò.
可以，請坐。

7. Qǐng bú yào shuō huà.
請不要說話。 □ C Bú kè qi.
不客氣。

8. Nǐ hǎo, wǒ kě yǐ zuò zhèr ma?
你好，我可以坐這兒嗎？ □ D Hǎo de, duì bu qǐ.
好的，對不起。

Lesson 2

你早上幾點起牀？

When do you get up in the morning?

Key sentences

Wǒ zǎo shang qī diǎn qǐ chuáng.
- 我早上 7 點起牀。 I get up at seven o'clock in the morning.

Jīn tiān wǎn shang wǒ kě yǐ bú shuì jiào ma?
- 今天晚上我可以不睡覺嗎？ Can I not go to bed tonight?

 Let's learn

02-01

qǐ chuáng
起 牀 get up

shuì jiào sleep, go
睡 覺 to bed

zǎo shang
早 上 morning

wǎn shang night,
晚 上 evening

dào *到	up to, until 3點到5點／星期一到星期五
ne 呢	(a modal particle) 我是中國人，你呢？
yào 要	to want, would like 你要做甚麼？我要喝水。

"Pass on the question" game. One student asks a question with "呢", for example "我7點起牀，你呢？". Another student answers it and asks his/her neighbor the same question until the whole class finish it. Then start with a new question.

8

Let's read

掃一掃
02-02

2 Xīng qī yī dào xīng qī wǔ
星 期 一 到 星 期 五
wǒ qī diǎn qǐ chuáng.
我 7 點 起 牀 。

1 Nǐ zǎo shang jǐ diǎn qǐ chuáng?
你 早 上 幾 點 起 牀 ？

4 Xīng qī liù hé xīng qī tiān
星 期 六 和 星 期 天
wǒ shí èr diǎn qǐ chuáng.
我 12 點 起 牀 。

Question: 他星期六早上幾點起牀？

3 Xīng qī liù hé xīng qī tiān ne?
星 期 六 和 星 期 天 呢 ？

2 Nǐ yào zuò shén me?
你 要 做 甚 麼 ？

1 Mā ma, jīn tiān wǎn shang wǒ
媽 媽 ， 今 天 晚 上 我
kě yǐ bú shuì jiào ma?
可 以 不 睡 覺 嗎 ？

3 Wǒ yào kàn xiǎo yú jǐ diǎn shuì jiào.
我 要 看 小 魚 幾 點 睡 覺 。

Question: 他要做甚麼？

Pair work. Ask your partner when he/she gets
up from Monday to Sunday, and then report.

✏️ **Let's make**

My Schedule

	xīng qī tiān 星 期 天	xīng qī yī dào xīng qī wǔ 星 期 一 到 星 期 五	xīng qī liù 星 期 六

Write down the time of each activity in the form according to your daily routine, and then compare with your partner.

🎵 **Let's chant**

掃一掃
02-03

Kuài kuài qǐ chuáng,　kuài kuài qǐ chuáng,
快 快 起 牀 ， 快 快 起 牀 ，

qī diǎn la,　　qī diǎn la.
7 點 啦 ， 7 點 啦 。

Tài yáng yǐ jīng hěn gāo,　tài yáng yǐ jīng hěn gāo.
太 陽 已 經 很 高 ， 太 陽 已 經 很 高 。

Kuài qǐ chuáng,　kuài qǐ chuáng!
快 起 牀 ， 快 起 牀 ！

Kuài kuài shuì jiào,　kuài kuài shuì jiào,
快 快 睡 覺 ， 快 快 睡 覺 ，

jiǔ diǎn la,　　jiǔ diǎn la.
9 點 啦 ， 9 點 啦 。

Yuè liang yǐ jīng hěn gāo,　yuè liang yǐ jīng hěn gāo.
月 亮 已 經 很 高 ， 月 亮 已 經 很 高 。

Kuài shuì jiào,　kuài shuì jiào!
快 睡 覺 ， 快 睡 覺 ！

掃一掃
02-04

Nǐ zěn me bù qǐ chuáng?
你 怎 麼 不 起 牀 ？

1

1 Mā ma, wǒ yào hé péng you men
媽 媽 ， 我 要 和 朋 友 們
chū qu wán!
出 去 玩 ！

2 Qù ba.
去 吧 。

2

1 Nǐ men zài nǎr?
你 們 在 哪 兒 ？

2 Kuài chū lai wán ba!
快 出 來 玩 吧 ！

3 Dà xióng gē ge, nǐ jīn tiān
大 熊 哥 哥 ， 你 今 天
zěn me bù qǐ chuáng?
怎 麼 不 起 牀 ？

4 Qīng wā dì di, nǐ jīn tiān
青 蛙 弟 弟 ， 你 今 天
zěn me bù qǐ chuáng?
怎 麼 不 起 牀 ？

5 **1** Tā men jīn tiān zěn me
牠 們 今 天 怎 麼
dōu bù qǐ chuáng?
都 不 起 牀 ？

2 Dōng tiān tā men měi tiān shuì jiào,
冬 天 牠 們 每 天 睡 覺 ，
bù qǐ chuáng.
不 起 牀 。

Read the story and act it out.

11

Listening.

掃一掃
02-05

1.	A	B	C
2.	A	B	C
3.	A	B	C
4.	A	B	C

Reading.

 A　 B　 C　 D

5. A：Wǒ wǎn shang jiǔ diǎn shuì jiào, nǐ ne?　我 晚 上 9 點 睡 覺 ，你 呢 ？　B：Wǒ shí diǎn duō shuì jiào. 我 10 點 多 睡 覺 。 ☐

6. A：Nǐ yào chī píng guǒ ma? 你 要 吃 蘋 果 嗎 ？　B：Bù chī, xiè xie! 不 吃 ，謝 謝 ！ ☐

7. A：Nǐ zǎo shang jǐ diǎn qǐ chuáng? 你 早 上 幾 點 起 牀 ？　B：Qī diǎn. 7 點 。 ☐

8. A：Nǐ xīng qī jǐ qù Zhōngguó? 你 星 期 幾 去 中 國 ？　B：Xīng qī èr. 星 期 二 。 ☐

Lesson 3

你的鉛筆呢？

Where is your pencil?

Key sentences

Nǐ de qiān bǐ ne?
- 你 的 鉛 筆 呢 ？ Where is your pencil?

Wǒ de shū bāo zài zhuō zi shang.
- 我 的 書 包 在 桌 子 上 。 My schoolbag is on the table.

 Let's learn 掃一掃 **03-01**

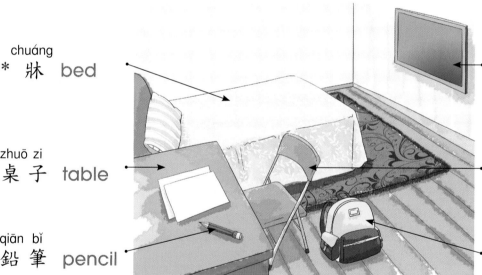

fáng jiān
房 間 room

chuáng
* 牀 bed

diàn shì
電 視 television

zhuō zi
桌 子 table

yǐ zi
椅 子 chair

qiān bǐ
鉛 筆 pencil

shū bāo
書 包 schoolbag

lǐ (mian) 裏（面）	in, inside 在裏面；書包裏
shàng (bian) 上（邊）	on 在上邊；桌子上
ǎi * 矮	short (in height) 小矮人

Relay game. Each student holds a word card. One student says "鉛筆，鉛筆，桌子", and then the student who is holding the "桌子" card continues the game.

13

Let's read

掃一掃
03-02

1 Jiě jie, nǐ de qiān bǐ ne?
姐姐，你的鉛筆呢？

2 Zài wǒ de shū bāo li.
在我的書包裏。

3 Nǐ de shū bāo zài nǎr?
你的書包在哪兒？

4 Zài zhuō zi shang.
在桌子上。

Questions: 她的鉛筆在哪兒？她的書包呢？

1 Nǐ men kàn, zhè shì qī ge xiǎo ǎi rén de fáng jiān,
你們看，這是七個小矮人的房間，
lǐ mian yǒu xiǎo chuáng, xiǎo zhuō zi hé xiǎo yǐ zi.
裏面有小牀、小桌子和小椅子。

2 Diàn shì zài nǎr ne?
電視在哪兒呢？

3 Fáng jiān lǐ mian méi yǒu diàn shì.
房間裏面沒有電視。

Questions: 房間裏有甚麼？沒有甚麼？

1. Ask and answer questions about each other's stuff according to the first text.

2. Describe your classroom according to the second text.

Let's draw

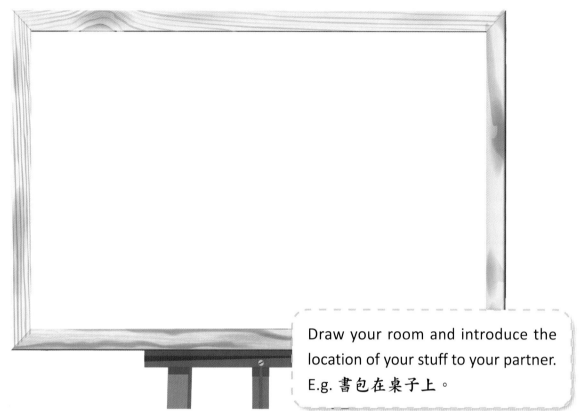

Draw your room and introduce the location of your stuff to your partner.
E.g. 書包在桌子上。

掃一掃
03-03

Let's chant

Shàng,	xià,	zuǒ,	yòu,
上 ，	下 ，	左 ，	右 ，

shàng,	xià,	zuǒ,	yòu,
上 ，	下 ，	左 ，	右 ，

zài shàng bian,	zài xià bian,
在 上 邊 ，	在 下 邊 ，

zài zuǒ bian,	zài yòu bian,
在 左 邊 ，	在 右 邊 ，

xiàng shàng kàn,	xiàng xià kàn,
向 上 看 ，	向 下 看 ，

xiàng zuǒ kàn,	xiàng yòu kàn.
向 左 看 ，	向 右 看 。

Mini story

Zhǎo dōng xi
找東西

Read the story and act it out.

Test

掃一掃
03-05

1 Listening.

 A    B   C    D

1. ☐

2. ☐

3. ☐

4. ☐

2 Reading: True or false.

5.	kàn diàn shì 看 電 視	6.	zhuō zi hé yǐ zi 桌 子 和 椅 子
7.	zài shàng bian 在 上 邊	8.	zài lǐ mian 在 裏 面

17

Lesson 4

書包裏有兩本書

There are two books in the schoolbag

Key sentences

- Dòudou de yì zhī yǎn jing shì lǜ sè de.
  豆豆的一隻眼睛是綠色的。 One of Doudou's eyes is green.

- Shū bāo li yǒu liǎng běn shū.
  書包裏有兩本書。 There are two books in the schoolbag.

 Let's learn  掃一掃 04-01

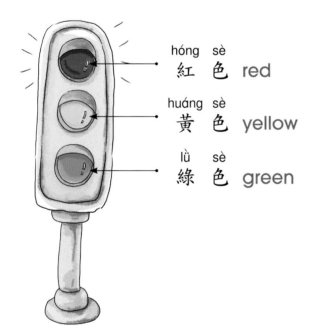

hóng sè
紅 色 red

huáng sè
黃 色 yellow

lǜ sè
綠 色 green

zhī 隻	(a measure word for some animals and some body parts) 一隻貓／一隻眼睛
míng zi 名字	name 名字叫豆豆
piào liang 漂亮	beautiful 很漂亮
yán sè 顏色	color 書包是甚麼顏色的？
liǎng 兩	two 兩個蘋果
běn *本	(a measure word for books) 兩本書

"Touch the color" game. The teacher or a student states a color and the rest of the class compete to touch that flash card.

掃一掃
04-02

Let's read

Wǒ yǒu yì zhī māo, míng zi jiào Dòudou. Dòudou de yǎn jing
我 有 一 隻 貓 ， 名 字 叫 豆 豆 。 豆 豆 的 眼 睛
hěn piào liang, yì zhī shì lǜ sè de, yì zhī shì huáng sè
很 漂 亮 ， 一 隻 是 綠 色 的 ， 一 隻 是 黃 色
de. Dòudou hěn xǐ huan chī yú.
的 。 豆 豆 很 喜 歡 吃 魚 。

Question: 豆豆的眼睛是甚麼顏色的？

失物認領

1
Nǐ de shū bāo shì shén me yán sè de?
你 的 書 包 是 甚 麼 顏 色 的 ？

2
Hóng sè de.
紅 色 的 。

3
Shū bāo li yǒu shén me?
書 包 裏 有 甚 麼 ？

4
Yǒu liǎng běn shū.
有 兩 本 書 。

What color is your schoolbag? What's in it?

Question: 書包裏有甚麼？

Let's color

Pair work. Paint the animals with the color you like, and then check with your partner by using the sentence patterns below:

A：你的……是甚麼顏色的？
B：我的……是……色的。

Let's play

Group work. Each student takes out stationery and puts them on one desk, and then tells the class who the owner is, item by item.

e.g. 這支鉛筆是 Emma 的。

04-03

Guò mǎ lù
過馬路

1

Yī èr yī, yī èr yī.
一 二 一 ， 一 二 一 。

2

1 Mā ma, xiàn zài kě yǐ
媽 媽 ， 現 在 可 以
guò mǎ lù ma?
過 馬 路 嗎 ？

2 Xiàn zài shì lǜ dēng, kě yǐ guò.
現 在 是 綠 燈 ， 可 以 過 。

3

1 Xiàn zài kě yǐ guò mǎ lù ma?
現 在 可 以 過 馬 路 嗎 ？

2 Xiàn zài shì huáng dēng, kuài! Kuài!
現 在 是 黃 燈 ， 快 ！ 快 ！

4

1 Xiàn zài kě yǐ guò mǎ lù ma?
現 在 可 以 過 馬 路 嗎 ？

2 Xiàn zài shì hóng dēng, bù kě yǐ guò.
現 在 是 紅 燈 ， 不 可 以 過 。

"紅燈綠燈黃燈" game. A student says one of the words
below, and the others do the corresponding action.
綠燈：go slowly　黃燈：go quickly　紅燈：stop

21

 Test
掃一掃
04-04

1 Listening.

1.	A	B	C
2.	A	B	C
3.	A	B	C
4.	A	B	C

2 Reading.

　　　　huáng　　　liǎng　　　　piào liang　　　　míng zi
　A 黃　　B 兩　　C 漂 亮　　D 名 字

　　Wǒ yǒu　　　zhī niǎo,　xǐ huan ma?　　　　Xǐ huan,　zhēn hǎo wánr.
5. A：我 有 （　）隻 鳥，喜 歡 嗎？　B：喜 歡，真 好 玩兒。

　　Nà ge rén jiào shén me　　　　　　Duì bu qǐ,　　nǐ shuō shéi?
6. A：那 個 人 叫 甚 麼 （　）？　　B：對 不 起，你 說 誰？

　　Nǐ de xiǎo māo shì shén me yán sè de?　　Wǒ de xiǎo māo shì　　　sè de.
7. A：你 的 小 貓 是 甚 麼 顏 色 的？　B：我 的 小 貓 是 （　）色 的。

　　Nǐ de yǎn jing zhēn　　　　　　　Shì ma?　Xiè xie nǐ!
8. A：你 的 眼 睛 真 （　）。　　B：是 嗎？ 謝 謝 你！

Lesson 5

你會不會做飯？
Can you cook?

Nǐ huì bu huì zuò fàn?
- 你會不會做飯？ Can you cook?

Nǐ mā ma shì bu shì chú shī?
- 你媽媽是不是廚師？ Is your mother a chef?

 Let's learn 05-01

bāo zi
包子 *baozi*

yī shēng
醫生 doctor

chú shī
*廚師 chef, cook

huì 會	can 會做飯 / 不會做包子
zuò 做	to do 做飯
zhēn 真	really, real 真大 / 真漂亮
hǎo chī 好吃	delicious 很好吃 / 不好吃

"Touch the words" game. All the new words are written on the blackboard. The students touch the words as quickly as possible when the teacher reads them.

23

Let's read

掃一掃
05-02

1 Jiě jie, nǐ huì bu huì zuò fàn?
姐姐，你會不會做飯？

2 Huì. Nǐ yào chī shén me?
會。你要吃甚麼？

3 Wǒ yào chī bāo zi.
我要吃包子。

4 Wǒ bú huì zuò bāo zi.
我不會做包子。

Question: 姐姐會不會做包子？

1 Zhè ge bāo zi zhēn hǎo chī!
這個包子真好吃！

2 Zhè shì wǒ mā ma zuò de.
這是我媽媽做的。

4 Bú shì, wǒ mā ma shì yī shēng.
不是，我媽媽是醫生。

3 Nǐ mā ma shì bu shì chú shī?
你媽媽是不是廚師？

Question: 他媽媽是不是醫生？

1. **Group work.** The whole class is divided into two or three groups. When the teacher asks a question with "會不會" or "是不是", the groups compete to answer the question. See which group will win.

2. **Pair work.** Tell your partner what your family members' jobs are, and what they can cook.

Let's match

shì bu shì	huì bu huì	yào bu yào	gāo bu gāo	dà bu dà	piào liang bu
是不是	會不會	要不要	高不高	大不大	漂亮不 piào liang 漂亮

①　Tā de gè zi
她的個子＿＿＿？

②　Nǐ de shǒu
你的手＿＿＿？

③　Nǐ　　zuò fàn?
你＿＿＿做飯？

④　Nǐ mā ma
你媽媽＿＿＿？

⑤　Nǐ　　hē niú nǎi?
你＿＿＿喝牛奶？

⑥　Nǐ bà ba　　yī shēng?
你爸爸＿＿＿醫生？

Let's play

START!

Finish!

Pair work. Play dice, and then ask and answer questions in turn with your partner according to the pictures as the example. No need to answer according to your real situation. Only good grammar is necessary. See which group finish it first.

E.g. A：媽媽會不會做飯？　B：媽媽會做飯。

掃一掃 05-03

Read the story and act it out.

Chǒu xiǎo yā
醜 小 鴨

1 ① Mèi mei piàoliang bu piàoliang?
妹 妹 漂 亮 不 漂 亮 ？

② Tā bú piàoliang.
她 不 漂 亮 。

2 ① Nǐ xǐ huan bu xǐ huan mèi mei?
你 喜 歡 不 喜 歡 妹 妹 ？

② Wǒ bù xǐ huan ta,
我 不 喜 歡 她 ，
tā tài nán kàn le.
她 太 難 看 了 。

3 ② Mā ma ài nǐ.
媽 媽 愛 你 。

① Mā ma, nǐ ài
媽 媽 ， 你 愛
bu ài wǒ?
不 愛 我 ？

4 Mā ma, wǒ méi yǒu péng you.
媽 媽 ， 我 沒 有 朋 友 。

5 Tài lěng le, tài lěng le!
太 冷 了 ， 太 冷 了 ！

6 ① Nǐ huì bu huì fēi?
你 會 不 會 飛 ？

② Wǒ shì shi...
我 試 試 ……

Test

掃一掃
05-04

1 Listening.

A   B   C   D

1. ☐

2. ☐

3. ☐

4. ☐

2 Reading.

Nǐ mā ma shì zuò shén me de?
5. 你　媽　媽　是　做　甚　麼　的　？   ☐   Bāo zi.
A 包　子　。

Zhè ge nǐ yào bu yào?
6. 這　個　你　要　不　要　？   ☐   Tā bú huì.
B 她　不　會　。

Nǐ jiě jie huì bu huì zuò miàn tiáor?
7. 你　姐　姐　會　不　會　做　麵　條兒　？   ☐   Wǒ yào.
C 我　要　。

Míng tiān zǎo shang wǒ men chī shén me?
8. 明　天　早　上　我　們　吃　甚　麼　？   ☐   Yī shēng.
D 醫　生　。

Lesson 6

包子多少錢一個？

How much is one *baozi*?

Bāo zi duō shao qián yí ge?
- 包子多少錢一個？ How much is one *baozi*?

Liǎng kuài qián yí ge.
- 兩塊錢一個。 Two *kuai* for one *baozi*.

06-01

qián
錢 money

chá
茶 tea

mǎi 買	to buy 買包子
duō shao 多少	how much, how many 多少錢，多少本書
kuài 塊	*kuai* (a unit for money) 兩塊錢
bēi *杯	cup (a measure word for drinks) 一杯茶
Tài guì le! *太貴了!	It's too expensive!

> "Echo" game. The teacher says one word, and the students repeat it several times from loud to a whisper. Then start with a new word.

Role play. Use the texts above to order something to eat or drink.

 Let's know HKD

yì yuán
1 元

wǔ yuán
5 元

shí yuán
10 元

èr shí yuán
20 元

wǔ shí yuán
50 元

yì bǎi yuán
100 元

 Let's chant

掃一掃
06-03

Nǐ pāi yī,　　wǒ pāi yī,　　yì zhī qiān bǐ yí kuài yī;
你 拍 一 ， 我 拍 一 ， 一 支 鉛 筆 一 塊 一 ；

nǐ pāi èr,　　wǒ pāi èr,　　liǎng zhī qiān bǐ liǎng kuài èr;
你 拍 二 ， 我 拍 二 ， 兩 支 鉛 筆 兩 塊 二 ；

nǐ pāi sān,　　wǒ pāi sān,　　sān zhī qiān bǐ sān kuài sān;
你 拍 三 ， 我 拍 三 ， 三 支 鉛 筆 三 塊 三 ；

nǐ pāi sì,　　wǒ pāi sì,　　sì zhī qiān bǐ sì kuài sì;
你 拍 四 ， 我 拍 四 ， 四 支 鉛 筆 四 塊 四 ；

nǐ pāi wǔ,　　wǒ pāi wǔ,　　wǔ zhī qiān bǐ wǔ kuài wǔ!
你 拍 五 ， 我 拍 五 ， 五 支 鉛 筆 五 塊 五 ！

Mǎi huā
買 花

1

Nǐ hǎo!　Nǐ mǎi shén me?
你 好 ！ 你 買 甚 麼 ？

2 Shí kuài.
10 塊 。

1 Méi gui huā duō shao qián yì zhī?
玫 瑰 花 多 少 錢 一 枝 ？

3

2 Duì,　zuó tiān èr yuè shí sān hào,
對 ， 昨 天 2 月 13 號 ，
jīn tiān èr yuè shí sì hào.
今 天 2 月 14 號 。

1 Tài guì le!　Zuó tiān wǔ kuài ba?
太 貴 了 ！ 昨 天 5 塊 吧 ？

Why are the roses more expensive today?

31

Test

掃一掃
06-05

1 Listening.

A   B   C   D

1. ☐

2. ☐

3. ☐

4. ☐

2 Reading.

| duō shao | mǎi | kuài | chá |
| A 多 少 | B 買 | C 塊 | D 茶 |

5. Nǐ   shén me?
 A：你 （   ） 甚 麼 ?

 Wǒ mǎi píng guǒ.
 B：我 買 蘋 果 。

6. Xiǎo péng you, liǎng ge wǔ shì
 A：小 朋 友 ， 兩 個 5 是 （   ） ?

 Shì shí.
 B：是 10 。

7. Zhè ge shū bāo duō shao qián?
 A：這 個 書 包 多 少 錢 ?

 Bā shí
 B：80 （   ） 。

8. Qǐng zuò, nǐ hē shén me? Hē
 A：請 坐 ， 你 喝 甚 麼 ? 喝 （   ） ?

 Hǎo de, xiè xie!
 B：好 的 ， 謝 謝 !

Lesson 7

今天比昨天熱
Today is hotter than yesterday

Key sentences

- Běijīng tiān qì zěn me yàng?
  北京天氣怎麼樣？ How is the weather in Beijing?

- Jīn tiān bǐ zuó tiān rè.
  今天比昨天熱。 Today is hotter than yesterday.

Let's learn

掃一掃
07-01

lěng
冷 cold

rè
熱 hot

Běijīng
北京 Beijing

Niǔyuē
* 紐約 New York

tiān qì 天氣	weather 天氣很好
zěn me yàng 怎麼樣	how 天氣怎麼樣？
bǐ 比	than 今天比昨天熱。
zuó tiān 昨天	yesterday 昨天很熱／我昨天去商店了。
jué de 覺得	to feel, to think 覺得很熱／覺得很好
hǎo hē 好喝	good to drink, drinkable 很好喝

bīng shuǐ
* 冰水 ice water

Try to think where it is hot and where it is cold now around the world.

33

Let's read

1
Běijīng tiān qì zěn me yàng?
北京天氣怎麼樣？

2
Hěn hǎo, bù lěng yě bú rè.
很好，不冷也不熱。
Niǔyuē ne?
紐約呢？

3
Niǔyuē jīn tiān bǐ zuó tiān rè.
紐約今天比昨天熱。

Question: 紐約今天天氣怎麼樣？

Wǒ xǐ huan hē bīng shuǐ, bà ba mā ma xǐ huan hē rè shuǐ.
我喜歡喝冰水，爸爸媽媽喜歡喝熱水。
Wǒ jué de bīng shuǐ bǐ rè shuǐ hǎo hē, bà ba mā ma jué de
我覺得冰水比熱水好喝，爸爸媽媽覺得
rè shuǐ bǐ bīng shuǐ hǎo hē. Tā men bú rè ma?
熱水比冰水好喝。他們不熱嗎？

Question: 爸爸覺得熱水和冰水哪個好喝？

Introduce your family's favorite drinks according to the second text by using " 比 ".

Let's say

Jīn tiān tiān qì zěn me yàng?
A：今天天氣怎麼樣？

Jīn tiān
B：今天 ＿＿＿＿＿＿。

> **Pair work.** Look at the pictures and answer the question by using the words " 熱 " or " 冷 ".

Let's write

日期 Date			
最高氣溫 Highest temperature			
最低氣溫 Lowest temperature			

> Record the maximum and minimum air temperature of your city in the next 3 days. Then using " 比 " to compare.

Let's sing

Tiān qì zěn me yàng?
天氣怎麼樣？

Niǔyuē tiān qì zěn me yàng?　Tiān qì zěn me yàng?
紐約天氣怎麼樣？天氣怎麼樣？

Niǔyuē bǐ Běijīng lěng, lěng, lěng, lěng, lěng, lěng.
紐約比北京冷，冷，冷，冷，冷，冷。

Xī'ní tiān qì zěn me yàng?　Tiān qì zěn me yàng?
悉尼天氣怎麼樣？天氣怎麼樣？

Xī'ní bǐ Běijīng rè, rè, rè, rè, rè, rè.
悉尼比北京熱，熱，熱，熱，熱，熱。

掃一掃

07-04

Mini story

Bǐ yi bǐ
比一比

Read the story and act it out.

1

Gē ge bǐ wǒ cōng ming.
哥哥比我聰明。

2

Jiě jie bǐ wǒ piào liang.
姐姐比我漂亮。

3

Wǒ bù cōng ming, yě bú piào liang.
我不聰明，也不漂亮。

4

Nǐ hěn kě ài, wǒ men ài nǐ!
你很可愛，我們愛你！

Test

掃一掃
07-05

1 Listening.

 A

 B

 C

 D

1. ☐

2. ☐

3. ☐

4. ☐

2 Reading.

 A

 B

 C

 D

Wǒ men liǎng ge rén shéi de shǒu dà?　　Nǐ de shǒu bǐ wǒ de xiǎo.
5. A：我 們 兩 個 人 誰 的 手 大 ？　B：你 的 手 比 我 的 小 。　☐

Jīn tiān tiān qì zěn me yàng?　　Bǐ zuó tiān lěng.
6. A：今 天 天 氣 怎 麼 樣 ？　B：比 昨 天 冷 。　☐

Zhè chá hǎo hē bu hǎo hē?　　Hěn hǎo hē!
7. A：這 茶 好 喝 不 好 喝 ？　B：很 好 喝 ！　☐

Wǒ de Hànyǔ zěn me yàng?　　Hěn hǎo hěn hǎo!
8. A：我 的 漢 語 怎 麼 樣 ？　B：很 好 ， 很 好 ！　☐

Lesson 8

馬丁比我大三歲
Martin is three years older than me

Key sentences

Tā men yě shì xiǎo xué shēng.
- 他們也是小學生。 They are elementary school students, too.

Mǎdīng bǐ wǒ dà sān suì.
- 馬丁比我大三歲。 Martin is three years older than me.

 Let's learn

掃一掃
08-01

dì di
弟弟 little brother

mèi mei
妹妹 little sister

péng you 朋 友	friend 好朋友
tóng xué 同 學	classmate 我的同學
yě 也	also, too 我也是學生。
xué sheng 學 生	student 小學生

Say as many sentences with " 也 "
as possible.
E.g. 我是學生，弟弟也是學生。

38

Let's read

Gē ge bǐ jiě jie gāo, jiě jie bǐ wǒ
哥哥比姐姐高，姐姐比我

gāo, wǒ bǐ dì di, mèi mei gāo.
高，我比弟弟、妹妹高。

Wǒ men bǐ Dàhuáng gāo hěn duō.
我們比大黃高很多。

Questions: 誰比他高？他比誰高？

Zhè shì Sūshān, zhè shì Mǎdīng, tā men shì wǒ de hǎo péng you.
這是蘇珊，這是馬丁，他們是我的好朋友。

Sūshān hé Mǎdīng shì tóng xué, yě shì xiǎo xué shēng. Mǎdīng bǐ wǒ
蘇珊和馬丁是同學，也是小學生。馬丁比我

dà sān suì, Sūshān bǐ wǒ dà liǎng suì.
大三歲，蘇珊比我大兩歲。

Question: 馬丁比蘇珊大幾歲？

Two students stand together and see who is taller.

39

Describe the pictures by using the pattern "A+「比」+B+*Adj*.+Number".

Let's write

	我	同桌 my partner
年齡 age		
身高 height		
體重 weight		
鞋的大小 shoe size		

Fill in the form and compare with your partner with the sentence pattern "A+「比」+B+*Adj*.+Number".

掃一掃
08-03

Bǐ gāo ǎi
比高矮

Read the story and act it out.

1

1 Wǒ bǐ nǐ gāo,
我比你高，
hā ha.
哈哈。

2 ......

2

1 Wǒ bǐ nǐ gāo de duō, hā ha.
我比你高得多，哈哈。

2 ......

3

2 ......

1 Wǒ bǐ nǐ ǎi.
我比你矮。

4

Wǒ bǐ nǐ ǎi, kě shì wǒ
我比你矮，可是我
yě néng zuò hěn duō shì.
也能做很多事。

41

1 Listening.

 A

 B

 C

 D

1. ☐

2. ☐

3. ☐

4. ☐

2 Reading.

 A

 B

 C

 D

5. A：Zhè ge rén shì shéi?
這 個 人 是 誰？　B：Tā shì mā ma de yí ge hǎo péng you.
她 是 媽 媽 的 一 個 好 朋 友。　☐

6. A：Nǐ rèn shi tā ma?
你 認 識 她 嗎？　B：Tā shì wǒ tóng xué.
她 是 我 同 學。　☐

7. A：Nǐ dì di duō dà?
你 弟 弟 多 大？　B：Qī suì, tā bǐ wǒ xiǎo liǎng suì.
7 歲， 他 比 我 小 兩 歲。　☐

8. A：Nǐ men shéi gāo?
你 們 誰 高？　B：Tā bǐ wǒ gāo hěn duō.
他 比 我 高 很 多。　☐

Lesson 9

你今天做甚麼了？

What did you do today?

Key sentences

Wǒ chī le yí ge píng guǒ hé yí ge xiāng jiāo.
- 我吃了一個蘋果和一個香蕉。 I ate an apple and a banana.

Wǒ méi huà xióng māo.
- 我沒畫熊貓。 I didn't draw a panda.

 Let's learn 掃一掃 09-01

xiāng jiāo
香蕉 banana

xióng māo
熊貓 panda

shuǐ guǒ	
*水果	fruit 吃水果，很多水果
le 了	(perfective particle) 你吃甚麼了？
huà 畫	to draw, to paint; picture, drawing 畫小鳥，畫畫兒
méi (yǒu) 沒（有）	didn't (do), haven't (done) 我沒吃香蕉。

List fruit and animals in Chinese first. Then use them to make phrases with " 吃 "and " 畫 ". Say each phrase one by one. (The same phrase can't be used twice.)

Let's read

1 Nǐ jīn tiān chī shuǐ guǒ le ma?
你今天吃水果了嗎？

2 Chī le.
吃了。

3 Chī le shén me shuǐ guǒ?
吃了甚麼水果？

4 Chī le yí ge píng guǒ
吃了一個蘋果
hé yí ge xiāng jiāo.
和一個香蕉。

Question: 她吃了甚麼水果？

1 Nǐ jīn tiān zuò shén me le?
你今天做甚麼了？

2 Wǒ huà huàr le.
我畫畫兒了。

3 Zhè zhī xióng māo zhēn piào liang!
這隻熊貓真漂亮！

4 Bà ba wǒ méi huà xióng māo.
爸爸，我沒畫熊貓。
Zhè shì xiǎo gǒu!
這是小狗！

Question: 他畫熊貓了嗎？

"Antonyms" game. One student says a sentence, e.g. "我吃蘋果了", and the other says the opposite, e.g. "我沒吃蘋果".

Let's color

09-03

Please color in the animals according to the recording.

Let's sing

09-04

Replace it with other food or fruit.

Rú guǒ chī le xiāng jiāo nǐ jiù pāi pāi shǒu,
如 果 吃 了 <u>香 蕉</u> 你 就 拍 拍 手 ，

rú guǒ méi chī xiāng jiāo nǐ jiù duò duò jiǎo,
如 果 沒 吃 <u>香 蕉</u> 你 就 跺 跺 腳 ，

rú guǒ chī le xiāng jiāo nǐ jiù pāi pāi shǒu, pāi pāi shǒu,
如 果 吃 了 <u>香 蕉</u> 你 就 拍 拍 手 ， 拍 拍 手 ，

rú guǒ méi chī xiāng jiāo nǐ jiù duò duò jiǎo.
如 果 沒 吃 <u>香 蕉</u> 你 就 跺 跺 腳 。

Mini story

Read the story and act it out.

Kàn yī shēng
看 醫 生

1

1
Nǐ jīn tiān chī shén me le?
你今天吃甚麼了？

2
Wǒ chī le hěn duō dōng xi.
我吃了很多東西。

2

1
Nǐ chī le shén me dōng xi?
你吃了甚麼東西？

2
Chī le yí ge xiāng jiāo, liǎng ge
吃了一個香蕉、兩個
píng guǒ, hái yǒu bīng qí lín.
蘋果，還有冰淇淋。

3

1
Nǐ chī le jǐ ge bīng qí lín?
你吃了幾個冰淇淋？

2
Chī le sān ge bīng qí lín.
吃了三個冰淇淋。

4

1
Hái chī le shénme?
還吃了甚麼？

2
Hái hē le sì bēi bīng shuǐ.
還喝了四杯冰水。

Test

1 Listening: True or false.
09-06

1.		
2.		
3.		
4.		

2 Reading.

Nǐ zuó tiān mǎi shén me le?
5. 你 昨 天 買 甚 麼 了 ？ ☐

Méi qǐ chuáng.
A 沒 起 牀 。

Nǐ gē ge qǐ chuáng le ma?
6. 你 哥 哥 起 牀 了 嗎 ？ ☐

Liǎng ge.
B 兩 個 。

Nǐ chī fàn le ma?
7. 你 吃 飯 了 嗎 ？ ☐

Píng guǒ.
C 蘋 果 。

Nǐ chī le jǐ ge xiāng jiāo?
8. 你 吃 了 幾 個 香 蕉 ？ ☐

Chī le.
D 吃 了 。

Lesson 10

你怎麼了？

What's wrong with you?

Key sentences

Nǐ zěn me le?
- 你怎麼了？ What's wrong with you?

Xiàn zài wǒ jiǎo bù téng le.
- 現在我腳不疼了。 My foot doesn't hurt now.

 Let's learn

掃一掃
10-01

jiǎo
腳 foot

yī yuàn
醫院 hospital

zěn me le 怎麼了	what's wrong with... 手怎麼了？
téng *疼	painful 很疼／不疼

The whole class name the body parts in Chinese first. Then one student asks "你怎麼了", and the other answers the question while acting it out.

48

Let's read

掃一掃
10-02

1 Míngming, qǐ chuáng!
明明，起牀！

2 Mā ma wǒ jīn tiān bú qù
媽媽，我今天不去
xué xiào le, kě yǐ ma?
學校了，可以嗎？

3 Nǐ zěn me le?
你怎麼了？

4 Wǒ jiǎo téng!
我腳疼！

Question: 明明怎麼了？

1 Wǒ men qù kàn yī shēng.
我們去看醫生。

3 Qù xué xiào? Nǐ jiǎo
去學校？你腳
bù téng le?
不疼了？

2 Mā ma wǒ bú qù yī yuàn,
媽媽，我不去醫院，
wǒ qù xué xiào.
我去學校。

4 Bù téng le!
不疼了！

Question: 明明為甚麼不去醫院？

Role play. One student acts as the mother and the other as the child.
Make a dialogue according to the texts.

Let's match

1.

2.

3.

4.

A. Jiā li méi yǒu niú nǎi le.
家 裏 沒 有 牛 奶 了 。

B. Wǒ bù chī le.
我 不 吃 了 。

C. Wǒ jiǎo bù téng le.
我 腳 不 疼 了 。

D. Wǒ míng tiān bú qù xué xiào le.
我 明 天 不 去 學 校 了 。

Let's imagine

1.

2.

3.

Group work. In groups of three, imagine the end of the story. Then act out the whole story. See which story is the most interesting.

Mini story

掃一掃
10-03

Hǎo péng you
好 朋 友

1

2 Nǐ shì shéi? Wǒ men bú rèn shi nǐ!
你 是 誰 ？ 我 們 不 認 識 你 ！

1 Nǐ men hǎo!
你 們 好 ！

2

Wǒ yǐ qián shì máo mao chóng,
我 以 前 是 毛 毛 蟲 ，
xiàn zài shì xiǎo hú dié le!
現 在 是 小 蝴 蝶 了 ！

3

1 Nǐ huì fēi le!
你 會 飛 了 ！

2 Nǐ bǐ yǐ qián
你 比 以 前
piào liang le!
漂 亮 了 ！

4

Yǐ qián wǒ men shì hǎo péng you,
以 前 我 們 是 好 朋 友 ，
xiàn zài hái shì hǎo péng you!
現 在 還 是 好 朋 友 ！

Read the story and act it out.

51

1 Listening.

1.	A	B	C
2.	A	B	C
3.	A	B	C
4.	A	B	C

2 Reading.

A 怎麼 zěn me　　B 不 bù　　C 了 le　　D 可以 kě yǐ

5. A：媽媽，家裏沒有牛奶（　　）。 Mā ma, jiā lǐ méi yǒu niú nǎi
B：我明天去買。 Wǒ míng tiān qù mǎi.

6. A：請喝茶。 Qǐng hē chá.
B：（　　）喝了，我現在要去學校。 hē le, wǒ xiàn zài yào qù xué xiào.

7. A：姐姐，你的手（　　）了？ Jiě jie, nǐ de shǒu le?
B：沒關係。 Méi guān xi.

8. A：今天中午吃米飯，（　　）嗎？ Jīn tiān zhōng wǔ chī mǐ fàn, ma?
B：可以。 Kě yǐ.

Lesson 11

我來北京一年了

I've been in Beijing for one year

Key sentences

Sān diǎn líng wǔ le.
- 三 點 零 五 了。 It's five past three.

Wǒ lái Běijīng yì nián le.
- 我 來 北 京 一 年 了。 I've been in Beijing for one year.

Let's learn

11-01

líng 零	zero 三點零五／六零七房間
wán 玩	to play 玩 10 分鐘／去朋友家玩
fēn zhōng 分 鐘	minute 10 分鐘
lái 來	to come 來北京／來學校
nián 年	year 一年
xué xí 學 習	to study 學習漢語
Hànyǔ 漢 語	Chinese 漢語名字／說漢語
yòng *用	to use 用漢語，用鉛筆寫字
dǎ diàn huà 打 電 話	to make a phone call
yǐ qián *以 前	before, previously 一年以前

"Shout and whisper" game. When the teacher shouts a word, the students whisper; when the teacher whispers a word, the students shout.

Let's read

掃一掃
11-02

1
Mā ma, jǐ diǎn le?
媽媽，幾點了？

2
Sān diǎn líng wǔ le.
三點零五了。

3
Wǒ kě yǐ qù nàr wán
我可以去那兒玩
shí fēn zhōng ma?
10分鐘嗎？

4
Kě yǐ.
可以。

Question: 現在幾點了？

Wǒ hé bà ba mā ma lái Běijīng yì nián le.　Wǒ xǐ huan xué xí Hànyǔ,
我和爸爸媽媽來北京一年了。我喜歡學習漢語，
xiàn zài huì yòng Hànyǔ dǎ diàn huà le.　Wǒ de gè zi gāo le,　tóu fa
現在會用漢語打電話了。我的個子高了，頭髮
cháng le,　péng you men shuō wǒ bǐ yǐ qián piào liang le!
長了，朋友們說我比以前漂亮了！

Question: 她現在會做甚麼了？

Tell your partner about your changes since you began
to study Chinese, and then tell the whole class.

Let's draw

8:03

12:02

1:05

10:05

Pair work. Draw the time on the clock, and then tell your partner the time in Chinese.

Let's describe

2015

2016

Pair work. Describe the changes of "my cat" with your partner according to the pictures.

Mini story

掃一掃
11-03

Wǒ de xīng qī tiān
我 的 星 期 天

1

Zǎo shang,　　wǒ hé bà ba
早 上 ， 我 和 爸 爸
yùn dòng liǎng ge xiǎo shí.
運 動 兩 個 小 時 。

2

Zhōng wǔ,　　wǒ shuì yí ge
中 午 ， 我 睡 一 個
xiǎo shí.
小 時 。

3

Xià wǔ,　　wǒ kàn yí ge
下 午 ， 我 看 一 個
xiǎo shí diàn shì.
小 時 電 視 。

4

Wǎn shang,　　wǒ kàn bàn ge
晚 上 ， 我 看 半 個
xiǎo shí shū.
小 時 書 。

What's your daily routine? Tell your partner.

① Listening.
掃一掃
11-04

1. A zài jiàn
再 見

  B xīng qī yī
星 期 一

  C liǎng diǎn líng qī
兩 點 零 七

2. A jǐ ge yǐ zi
幾 個 椅 子

  B bú kè qi
不 客 氣

  C kě yǐ
可 以

3. A bā fēn zhōng
8 分 鐘

  B dǎ diàn huà
打 電 話

  C lái Běijīng
來 北 京

4. A tā zài liù líng qī
他 在 六 零 七

  B tā zài fáng jiān li
他 在 房 間 裏

  C tā jīn nián bā suì le
他 今 年 8 歲 了

② Reading.

A
B
C
D

5. A：Xiàn zài jǐ diǎn le?
現 在 幾 點 了 ？

  B：Jiǔ diǎn.
9 點 。 □

6. A：Wǒ de tóu fa cháng ma?
我 的 頭 髮 長 嗎 ？

  B：Hěn cháng.
很 長 。 □

7. A：Nǐ huì yòng Hànyǔ dǎ diàn huà ma?
你 會 用 漢 語 打 電 話 嗎 ？

  B：Huì.
會 。 □

8. A：Shéi de gè zi gāo?
誰 的 個 子 高 ？

  B：Jiě jie de gè zi bǐ dì di gāo.
姐 姐 的 個 子 比 弟 弟 高 。 □

Lesson 12 複習
Review

1 Bingo. Name the pictures in Chinese with your partner, and then put the numbers in the box randomly. The teacher says the words and the students circle the right one. Shout "Bingo!" when you get 3 in a row.

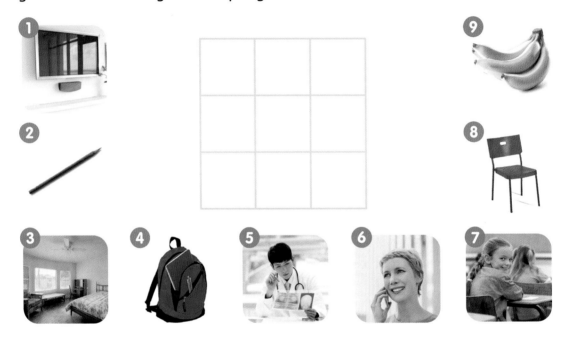

2 Please find the missing words for the sentences from the word box on the right.

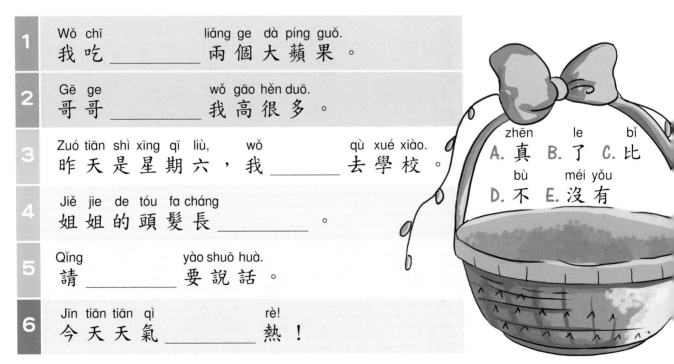

1	Wǒ chī liǎng ge dà píng guǒ. 我 吃 _____ 兩 個 大 蘋 果 。
2	Gē ge wǒ gāo hěn duō. 哥 哥 _____ 我 高 很 多 。
3	Zuó tiān shì xīng qī liù, wǒ qù xué xiào. 昨 天 是 星 期 六 ， 我 _____ 去 學 校 。
4	Jiě jie de tóu fa cháng 姐 姐 的 頭 髮 長 _____ 。
5	Qǐng yào shuō huà. 請 _____ 要 說 話 。
6	Jīn tiān tiān qì rè! 今 天 天 氣 _____ 熱 ！

zhēn   le   bǐ
A. 真   B. 了   C. 比
bù   méi yǒu
D. 不   E. 沒 有

3 Pair work. One student asks a question with the word given, and the other answers it according to the picture.

huì
會

diǎn
點

bǐ
比

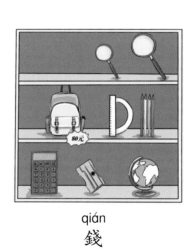

qián
錢

le
了

zài
在

4 Read the passage, and circle the picture which is not true.

Nǐ kàn, zhè zhī xiǎo huáng māo shì wǒ de hǎo péng you,
你 看 ， 這 隻 小 黃 貓 是 我 的 好 朋 友 ，

tā de míng zi jiào Xiǎohuáng. Xiǎohuáng bái tiān shuì jiào, wǎn shang
牠 的 名 字 叫 小 黃 。 小 黃 白 天 睡 覺 ， 晚 上

bú shuì jiào. Tā bù xǐ huan chī yú, xǐ huan hē nǎi. Xiǎohuáng
不 睡 覺 。 牠 不 喜 歡 吃 魚 ， 喜 歡 喝 奶 。 小 黃

xiàn zài yí ge yuè dà le, bǐ wǒ de xié dà le.
現 在 一 個 月 大 了 ， 比 我 的 鞋 大 了 。

詞語表
Vocabulary

A

*矮	short (in height)	ǎi	13

B

包子	*baozi*	bāo zi	23
*杯	cup(a measure word for drinks)	bēi	28
北京	Beijing	Běijīng	33
*本	(a measure word for books)	běn	18
比	than	bǐ	33
*冰水	ice water	bīng shuǐ	33
不客氣	You're welcome.	bú kè qi	3
不要	don't	bú yào	3

C

茶	tea	chá	28
*廚師	chef, cook	chú shī	23
*牀	bed	chuáng	13

D

打電話	to make a phone call	dǎ diàn huà	53
*到	up to, until	dào	8
弟弟	little brother	dì di	38

電視	television	diàn shì	13
對不起	I'm sorry.	duì bu qǐ	3
多少	how much, how many	duō shao	28

F

房間	room	fáng jiān	13
分鐘	minute	fēn zhōng	53

H

漢語	Chinese	Hànyǔ	53
好吃	delicious	hǎo chī	23
好喝	good to drink, drinkable	hǎo hē	33
紅色	red	hóng sè	18
畫	to draw, to paint; picture, drawing	huà	43
黃色	yellow	huáng sè	18
會	can	huì	23

J

腳	foot	jiǎo	48
覺得	to feel, to think	jué de	33

K

| 可以 | may | kě yǐ | 3 |
| 塊 | *kuai* (a unit for money) | kuài | 28 |

L

來	to come	lái	53
了	(perfective particle)	le	43
冷	cold	lěng	33
裏(面)	in, inside	lǐ (mian)	13
兩	two	liǎng	18
零	zero	líng	53
綠色	green	lǜ sè	18

M

買	to buy	mǎi	28
沒(有)	didn't (do), haven't (done)	méi (yǒu)	43
沒關係	Never mind.	méi guān xi	3
妹妹	little sister	mèi mei	38
名字	name	míng zi	18

N

呢	(a modal particle)	ne	8
年	year	nián	53
*紐約	New York	Niǔyuē	33

P

| 朋友 | friend | péng you | 38 |
| 漂亮 | beautiful | piào liang | 18 |

Q

起牀	get up	qǐ chuáng	8
鉛筆	pencil	qiān bǐ	13
錢	money	qián	28
請	please	qǐng	3

R

| 熱 | hot | rè | 33 |

S

上(邊)	on	shàng (bian)	13
書包	schoolbag	shū bāo	13
*水果	fruit	shuǐ guǒ	43
睡覺	sleep, go to bed	shuì jiào	8
說話	to talk, to speak	shuō huà	3

T

*太貴了！	It's too expensive!	Tài guì le!	28
*疼	painful	téng	48
天氣	weather	tiān qì	33
同學	classmate	tóng xué	38

課文和小故事翻譯
Text and Mini Story Translation

Lesson 1 Let's read

Boy: How are you? May I sit here?
Girl: Yes. Have a seat, please.
Boy: Thank you!
Girl: You're welcome.

Girl: Please don't talk.
Two boys: OK. Sorry.
Girl: It doesn't matter.

Lesson 1 Mini story

Cinderella

1. Cinderella: Can I go?
   Stepmother/Sisters: No.
2. Cinderella: Can I wear it?
   Fairy: Yes.
   Cinderella: Thank you!
3. Prince: Can I ask you to dance?
   Cinderella: Yes.
4. Prince: Where are you going?

Lesson 2 Let's read

Boy A: What time do you get up every morning?
Boy B: I get up at 7 o'clock from Monday to Friday.
Boy A: What about Saturday and Sunday?
Boy B: I get up at 12 o'clock on Saturday and Sunday.

Kid: Mom, can I not go to bed tonight?
Mom: What do you want to do?
Kid: I'd like to see at what time the fish goes to sleep.

Lesson 2 Mini story

Why don't you get up?

1. Little squirrel: Mom, I'd like to go out and play with my friends!
   Mom: OK.
2. Little squirrel: Where are you? Come out and play!
3. Little squirrel: Brother bear, why don't you get up today?
4. Little squirrel: Brother frog, why don't you get up today?
5. Little squirrel: Why don't they get up today?
   Grandpa goat: In winter they sleep all day and never get up.

Lesson 3 Let's read

Little brother: Sister, where's your pencil?
Big sister: It is in my schoolbag.
Little brother: Where's your schoolbag?
Big sister: On the table.

Snow White: Look, this is the room of the seven dwarves. Inside there are little beds, little tables and little chairs.
Kids: Where's the TV?
Snow White: There is no TV in the room.

Lesson 3 Mini story

Looking for something

1. Kid: Mom, where's my pencil?
   Mom: In the schoolbag.
2. Kid: Where's my schoolbag?
   Mom: On the chair.

3. Dad: Where's my wallet?
   Mom: In the room.
4. Dad: Where are my glasses?
   Mom: On your nose.

Lesson (4) Let's read

I have a cat named Doudou. Doudou has very beautiful eyes, a green one and a yellow one. Doudou really likes to eat fish.

Administrator: What color is your schoolbag?
Kid: Red.
Administrator: What's in your schoolbag?
Kid: Two books.

Lesson (4) Mini story

Crossing the road

1. Ducks: One two one; one two one.
2. Duckling: Mom, can we cross the road now?
   Mom: The light is green. We can cross the road now.
3. Duckling: Can we cross the road now?
   Mom: The light is yellow. Quick! Quick!
4. Duckling: Can we cross the road now?
   Mom: The light is red. We cannot cross the road now.

Lesson (5) Let's read

Little brother: Sister, can you cook?
Big sister: Yes, I can. What do you want to eat?
Little brother: I want to eat *baozi*.
Big sister: I don't know how to make *baozi*.

Girl: This *baozi* is so tasty!
Boy: My mom made it.
Girl: Is your mother a chef?
Boy: No, my mother is a doctor.

Lesson (5) Mini story

Ugly Duckling

1. Father duck: Is your little sister beautiful?
   Baby duck: No, she isn't.
2. Duck A: Do you like your little sister?
   Duck B: No, I don't. She is ugly.
3. Ugly Duckling: Mom, do you love me?
   Mother duck: Mom loves you.
4. Ugly Duckling: Mom, I have no friends.
5. Ugly Duckling: It's too cold, too cold!
6. Swan: Can you fly?
   Ugly Duckling: Let me try…

Lesson (6) Let's read

Salesperson: Can I help you?
Kid: How much is one *baozi*?
Salesperson: Two *kuai* for one, and five *kuai* for three.
Kid: I want three. Thanks!

Man: Do you have green tea?
Waitress: Yes.
Man: How much for one glass?
Waitress: 50 *kuai*.
Man: 50 *kuai*?! It's too expensive!

Lesson (6) Mini story

Buying flowers

1. Salesperson: How are you? Can I help you?
2. Man: How much for one rose?
   Salesperson: 10 *kuai*.
3. Man: It's too expensive! Wasn't it 5 *kuai* yesterday?
   Salesperson: Yes. Yesterday was February 13th, while today is February 14th.

Lesson ⑦ Let's read

Friend: How is the weather in Beijing now?

David: It is good, neither cold nor hot. What about New York?

Friend: New York is hotter today than yesterday.

I like to drink ice water. My Mom and Dad like to drink hot water. I think ice water is better than hot water, while my Mom and Dad think hot water is better than ice water. Don't they feel hot?

Lesson ⑦ Mini story

Let's compare

1. Little sister: My big brother is cleverer than me.
2. Little sister: My big sister is more beautiful than me.
3. Little sister: I am neither clever nor beautiful.
4. Big brother and sister: You are very cute. We love you!

Lesson ⑧ Let's read

My big brother is taller than my big sister. Big sister is taller than me. I am taller than my little brother and sister. We are all much taller than Dahuang.

This is Susan, and this is Martin. They are my good friends. Susan and Martin are classmates, and they are also pupils. Martin is 3 years older than me, while Susan is 2 years older than me.

Lesson ⑧ Mini story

Compare heights

1. Camel: I am taller than you, haha.
   Goat: …
2. Camel: I am much taller than you, haha.
   Goat: …
3. Goat: I am shorter than you.
   Camel: …
4. Goat: I am shorter than you. But I can also do a lot of things.

Lesson ⑨ Let's read

Mom: Have you eaten any fruit today?

Daughter: Yes, I have.

Mom: What fruit did you have?

Daughter: I ate an apple and a banana.

Dad: What did you do today?

Son: I did some drawing.

Dad: This panda is so beautiful!

Son: Dad, I didn't draw a panda. This is a puppy!

Lesson ⑨ Mini story

Seeing the doctor

1. Doctor rabbit: What did you eat today?
   Little rat: I ate a lot of things.
2. Doctor rabbit: What did you eat?
   Little rat: I ate a banana, two apples and ice cream.
3. Doctor rabbit: How many ice creams did you have?
   Little rat: Three.
4. Doctor rabbit: What else did you have?
   Little rat: I also drank four glasses of ice water.

Lesson ⑩ Let's read

Mom: Mingming, get up!

Mingming: Mom, can I not go to school today?

Mom: What's the matter?

Mingming: My feet hurt!

Mom: Let's go to see the doctor.

Mingming: Mom, I don't want to go to hospital.
I will go to school.

Mom: Go to school? Don't your feet hurt?

Mingming: Not anymore!

Lesson (10) Mini story

Good friends

1. Little butterfly: How are you!
   Little bee/ Little ant: Who are you? We don't know you!

2. Little butterfly: I used to be a caterpillar. Now I am a little butterfly!

3. Little bee: You can fly!
   Little ant: You are more beautiful than before!

4. Little butterfly: We used to be good friends before. Now we are still good friends!

Lesson (11) Let's read

Son: Mom, what time is it?

Mom: It's five past three.

Son: Can I go over there and play for ten minutes?

Mom: Yes, you can.

I have been in Beijing with my Dad and Mom for one year. I like to study Chinese. Now I can make telephone calls in Chinese. I have grown taller and my hair is longer. My friends say that I am more beautiful than before!

Lesson (11) Mini story

My Sunday

1. In the morning, dad and I did physical exercises for 2 hours.

2. At noon, I sleep for an hour.

3. In the afternoon, I watch TV for an hour.

4. In the evening, I read books for half an hour.

Lesson 1

1. 請坐。
2. 謝謝媽媽。
3. 請不要說話。
4. 今天吃麵條，可以嗎？

Lesson 2

1. A：你明天幾點去學校？
   B：9點。
2. A：今天晚上我們吃甚麼？
   B：吃米飯可以嗎？
3. A：再見！
   B：再見！我們星期四見！
4. A：爸爸，星期一我可以不去學校嗎？
   B：不可以。

Lesson 3

1. 這裏面沒有蘋果。
2. 我的書在書包裏。
3. 我弟弟有很多鉛筆。
4. 貓在桌子上。

Lesson 4

1. A：你有綠色的鉛筆嗎？
   B：有，這兒有。
2. A：你喜歡哪個椅子？
   B：我喜歡紅色的那個。
3. A：我的鉛筆在這兒。
   B：有綠色的嗎？
4. A：你要甚麼顏色的？
   B：我要黃色的那個。

Lesson 5

1. 媽媽，你的個子真高！
2. 今天的飯不好吃。
3. 我愛做飯。
4. 你看，這個蘋果大不大？

Lesson 6

1. A：喝茶嗎？
   B：好的，謝謝你。
2. A：我要買那個綠的。
   B：那個紅的也很好。
3. A：姐姐，我們有幾塊錢？
   B：5塊。
4. A：那是多少錢？
   B：我看看，一塊、兩塊……

Lesson 7

1. 妹妹愛喝熱牛奶。
2. 爸爸的個子比我高。
3. 你看，我的書包怎麼樣？
4. 你覺得這兒的麵條兒好吃不好吃？

Lesson 8

1. 你弟弟幾歲？
2. 這兒有四個學生。
3. 我們兩個人是好朋友。
4. 我的個子比你高。

Lesson 9

1. 兩隻大熊貓
2. 沒睡覺
3. 吃香蕉
4. 畫畫兒

Lesson 10

1. A：你姐姐去哪兒了？
   B：她去醫院了。
2. A：你的腳怎麼樣了？
   B：好多了，謝謝你。
3. A：醫生，我的耳朵好了嗎？
   B：我看看。
4. A：他怎麼了？
   B：沒關係，他覺得不好吃。

Lesson 11

1. 現在幾點了？
   A 再見
   B 星期一
   C 兩點零七
2. 我可以玩十分鐘嗎？
   A 幾個椅子
   B 不客氣
   C 可以
3. 你在做甚麼呢？
   A 八分鐘
   B 打電話
   C 來北京
4. 你弟弟在哪個房間？
   A 他在六零七
   B 他在房間裏
   C 他今年八歲了

Lesson 1

| 1. ✗ | 2. ✓ | 3. ✓ | 4. ✗ |
| 5. C | 6. A | 7. D | 8. B |

Lesson 2

| 1. B | 2. C | 3. B | 4. B |
| 5. D | 6. B | 7. A | 8. C |

Lesson 3

| 1. B | 2. C | 3. A | 4. D |
| 5. ✗ | 6. ✓ | 7. ✗ | 8. ✓ |

Lesson 4

| 1. C | 2. B | 3. A | 4. C |
| 5. B | 6. D | 7. A | 8. C |

Lesson 5

| 1. C | 2. A | 3. B | 4. D |
| 5. D | 6. C | 7. B | 8. A |

Lesson 6

| 1. B | 2. D | 3. C | 4. A |
| 5. B | 6. A | 7. C | 8. D |

Lesson 7

| 1. B | 2. A | 3. D | 4. C |
| 5. B | 6. A | 7. C | 8. D |

Lesson 8

| 1. A | 2. D | 3. C | 4. B |
| 5. D | 6. A | 7. B | 8. C |

Lesson 9

| 1. ✗ | 2. ✓ | 3. ✓ | 4. ✓ |
| 5. C | 6. A | 7. D | 8. B |

Lesson 10

| 1. C | 2. A | 3. B | 4. A |
| 5. C | 6. B | 7. A | 8. D |

Lesson 11

| 1. C | 2. C | 3. B | 4. A |
| 5. A | 6. D | 7. B | 8. C |

YCT 獎狀

_____ 同學：

　　恭喜你學完《YCT標準教程2》，
表現_____，特頒此獎狀表示
鼓勵。

教師簽名：_____

日期：_____

YCT Award

This award is presented to

_____

For a/an _____ performance

while studying *YCT Standard Course 2*.

Teacher: _____

Date: _____